张俊杰诗词选集

松风情韵

张俊杰 / 著

山西出版传媒集团

山西人民出版社

图书在版编目（CIP）数据

松风情韵：张俊杰诗词选集 / 张俊杰著.—太原：
山西人民出版社，2013.8
  ISBN 978-7-203-08041-1

  Ⅰ.①松… Ⅱ.①张… Ⅲ.①诗词—作品集—中国—
当代 Ⅳ.①I227

中国版本图书馆CIP数据核字（2013）第003270号

松风情韵：张俊杰诗词选集

著　　者	张俊杰	
责任编辑	魏　红	
封面设计	王聚金	

出 版 者	山西出版传媒集团·山西人民出版社
地　　址	太原市建设南路21号
邮　　编	030012
发行营销	0351-4922220　4955996　4956039
	0351-4922127（传真）　4956038（邮购）
E-mail	sxskcb@163.com　发行部
	sxskcb@126.com　总编室
网　　址	www.sxskcb.com

经 销 者	山西出版传媒集团·山西人民出版社
承 印 者	山西省教育学院印刷厂

开　　本	890mm×1240mm　1/32
印　　张	9
字　　数	300千字
印　　数	1–1500册
版　　次	2013年8月第1版
印　　次	2013年8月第1次印刷
书　　号	ISBN 978-7-203-08041-1
定　　价	38.00元

　　张俊杰,又名扳不动。祖籍山西原平,新中国同龄人,退役军官,退休法官。退休前曾任山西省高级人民法院政治部主任,院长助理,厅级审判员。山西诗词学会会员,山西省作家协会会员,山西法治文化建设研究会诗文专业委员会主任委员。

從軍復從政好學尤好詩

煉筆求高格修身養逸思

佳篇出勤奮雅志貴堅持

唱和交吟友心舒萬事宜

贈　張俊杰同志

壬辰年初冬　李玉臻

前　言

五年前，作家出版社出版了我的第一本诗集——《八面来风》，受到同事的鼓励，专家的赞赏。

几年来，我继续创作不辍，坚持以诗记游状景，以诗感言抒怀，以诗摩事咏物，甚至以诗交游趣乐。或藏之于箧囊，或投之于微博，或交流于手机，或吟诵于心底，个别见诸于报刊。渐渐地又积累了几百首之多。

诗词和诗词写作俨然成了我业余畅游及退休生活的精神海洋，成为我体学泱泱中华国学的灯塔和导游，成了调节精神、健康心灵的良医益友。

什么是诗？诗的本原是什么？答案纷纭，仁智充栋。我以为，诗是文明世界的赤子玉女，是文化盛宴中的清茶美酒，是文学乐坛的清唱独奏。

　　每一首诗，每一首可称为诗的诗，或清醇，或浓烈，或甘甜，或苦涩，或豪放，或缠绵，或悠扬，或雄浑，或浅显，或深沉……总有自己独立的内容、独特的风格、独自的情感和独具的韵味。

　　诗是孤独者的吟唱，是诗人心灵的独白。

　　我的诗就是我在寂寞中的孤吟独唱，是我自己的喜怒哀乐，是我情感的记载和心灵的剖白。我独唱的是我眼中的世界，但我的心跳离不开社会的脉搏。我相信，我的喜怒哀乐紧连着大众的喜怒哀乐。我之所以踌躇再三，把我的内心独白——我的诗作，再次结集成册，出版面世。就是为了寻求寂寞中的理解，孤独中的融合，烦忧后的愉悦，思索后的清醒。

　　多情未必不丈夫，无情难为真诗文。我的诗，不免浅陋，但却是真情实感，浓缩了我这些年的甘苦悲欢，见闻感遇。

　　我是一个小人物，但是我处在一个大时代。一个充满变革、风起云涌、新旧碰撞、跌宕起伏的时代。犹如一只小船在汪洋大海中飘荡，在激流险滩中拼搏，即使再渺小再微茫也不可能不留

下或浅或深的旅痕印记。我的诗就是一个小人物对大时代的管窥井见，浅陋感受。

我是一个平淡的人，但我生活在一个热情奔放的社会，交往着一个个远近亲疏的活生生的人，面对着一个美丑混存、妍媸交错的多姿多彩的世界。即使再寡情淡定，也不能不动情，不能不感慨，不能不喜不怒不哀不乐。我的诗就是一个平淡的人面对五彩纷繁的世界的喜怒爱恨，嗟叹兴怨。

我是一个低调淡泊的人，且渐至耳顺之年，名利心、好胜心已淡，然是非观、责任感犹强，崇善嫉恶、愤世忧天的积习不改。我的诗就是一个篱下之人的庄梦杞忧，枥嘶笼吟。

我是一个失学浅识的人，成长期遭遇停课断乳，工作后繁务暇暌，知识赢弱，学养不足，本职工作与文学爱好相去亦远。但是我们又恰逢一个知识大爆炸、文化再复兴、信息超发达的好时期。只要愿努力，肯用功，就会有收获。行业相隔不是学习的障碍，先天不足应是奋斗的动力。我的诗作也是我这些年嗜书好学、夜灯把卷，以勤补拙、自学自励的一点成果。

以情写情而情深，秉真书真而得真。要把缕缕真情浓缩到简约的诗词之中，要用刻板的平平仄仄反映鲜活浓烈的真情实感，对任何人都是一种挑战。

我只恨自己笔拙语塞，词不胜意。在某种内在力量的推动下，我努力用自己所能驾驭的诗词语言忠实地记载了我的那些并不灵动的灵感和冲动，我的一些特发或偶发的思愁念绪、抒感情怀，我的那些不能或不愿自禁的乡土情、山水情，我的亲情、友情、爱情，我的事业之情以及我感念的自然草木之情、世相人情。虽字斟句酌，艰旅苦吟，然苦中求乐，乐此不疲。

"诗缘情"，"诗言志"。为诗之道，动人之处在于情，深邃之处贵乎志。志为骨，情为肉，骨肉丰满，声情并茂，才是好诗。也是诗人综合功底的体现。而这又绝非一朝一夕可以达到，也不能靠模仿学步得来……

我虽然有了一些年岁，但在诗坛还是新手。诗作要有沧桑感，还需要加倍历练，我曾咏松道

"平生不作弯腰势，偶发轻狂啸北风"。让作品像高山苍松那样风骨遒劲，像幽谷松声那样正气浩荡，虽难说是我的创作风格，至少是我的追求。

基于这样的情愫，遂粗选近作，以事为纬，以情为经，按类分篇，按时排序，分八辑汇集成册：

故园篇——乡情如酒与时浓；

记游篇——万里山河任纵情；

感怀篇——世事纷纭情味长；

抒情篇——风雨无痕凝真情；

咏物篇——草木含情亦动人；

讽喻篇——世情漫画各传神；

酬唱篇——多情最是唱和声；

词曲篇——情到浓时且放歌。

冠名曰《松风情韵》，作为《八面来风》的续编，刊行面世。于己则自珍自省，反刍砥砺；于人则交流笔谈，求诸指教；于社会则剖肝沥胆，一吐为快；于诗词事业则聊献心血，略表情志耳！岂有它哉？

张俊杰

二〇一二年八月于滹沱河畔

目录

故园篇
—— 乡情如酒与时浓

记游篇
——万里山河任纵情

感怀篇
——世事纷纭情味长

抒情篇
——风雨无痕凝真情

目录

咏物篇
——草木含情亦动人

讽喻篇
——世情漫画各传神

酬唱篇
——多情最是唱和声

词曲篇
——情到浓时且放歌

故 园 篇

——乡情如酒与时浓

梦绕边城月，
心飞故国楼。
思归若汾水，
无日不悠悠。

——李　白

巴山楚水凄凉地，
二十三年弃置身。
怀旧空吟闻笛赋，
到乡翻似烂柯人。
沉舟侧畔千帆过，
病树前头万木春。
今日听君歌一曲，
暂凭杯酒长精神。

——刘禹锡

踏雪归乡

山披白发地铺银，

丽日拨云筛万金。

故里归来追旧趣，

清风吻面洗征尘。

2010.2.14.庚寅春节

故乡街头遇老同学

故园偶遇喜还疑，

相面猜名识故知。

岁月休嫌眼迟慢，

此心常在少年时。

2010.4.15

母校校庆得旧照

　　原平中学 50 年校庆，幸得纪念册一本。欣见 40 多年前本人 16 岁时与团委师生之旧照及校友名录，久观不忍释手。

英才名列一行行，
半纪黉园桃李芳。
惊见英姿存旧照，
当初我亦掣鲸郎。

2008.10.24

丁亥春节顿村浴温泉

雪打花灯风送寒，
温汤碧水两重天。
山村未可寻常看，
四季如春洗旧颜。

2007.3.2

宿山乡遇雪

朔风昨夜逛山村，
掠地抚松妆玉人。
一片晶莹弥四野，
晨曦初照出混沌。

2007.12

山村暮色

秋风岚霭敲柴扉，
野牧呼羔疾步归。
袅袅炊烟浓淡出，
粉墙半壁染霞晖。

2008.2.15

汾河公园纳凉（二首）

（一）

水映华灯柳色纤，
凫排舰队弄微涟。
守时红日西巡去，
风送琴声到耳边。

（二）

河堤漫步柳轻迎，
蝉噪蛙鸣唱晚晴。
灯火阑珊人未静，
凭栏怅望沐荷风。

2010.7.19

游原平天涯山石鼓寺

　　国庆中秋双节，回乡小住。小弟陪游著名的石鼓寺。
其寺雄踞滹沱河畔，遥对云中嶂山，石鼓列阵，莲峰笑
天，为旧嶂县八景之一。少时天天仰望，今日故地始登，
有形山水奔来眼底，无限情思涌上心头。

宦游不知倦，

来品旧山河。

峰俏开莲蕊，

水悠滹碧沱。

神槌飚石鼓，

旷野起天歌。

壮色迎归客，

故园旖梦多。

2009.10.6

同川赏梨花

春到我同川，
风光别样鲜。
茫茫云坠地，
漫漫雪封山。
铁树摇嫩蕊，
银花靓土塬。
馨香侵古道，
人比蜂蝶欢。

2011.4

梅花香自苦寒来

观神山水库

　　故乡阳武河，系滹沱河支流。是我童年接触到的最大的河流，是我心目中的母亲河。旧崞县川几乎所有的水地都依赖于它。素有"阳武流金"之美称。今聚阳武之水于神山水库，集小金成大利，变偶利为常利，取之不竭，用之自如，既美化了环境，又充分利用了自然资源，使阳武河的金流细线上又汇聚了一泓美丽的聚宝盆。

山前忽现平湖深，

得气荒山倍有神。

浩浩清波明似镜，

涓涓细滴贵如金。

邀来四下长流水，

汇得一泓聚宝盆，

织女临湖梳洗罢，

牛郎引灌喜耕耘。

2010.4.13

觅太子崖

　　故乡之龙宫村、太子崖、石匣口，据传因秦太子扶苏和大将蒙恬驻守而得名。地势险峻，风景秀丽。山顶独立一石，酷肖武士，人呼为蒙恬。

五岳归来重看山，
名山湮没故乡间。
悬崖双峙只身过，
绝顶独开一线玄。
天堑长城名赫赫，
石峡古塞史斑斑。
岿然岭上将军石，
世代迎风立蒙恬。

2012.5.

访崞阳古城

　　崞阳，崞县古城也。晋北重镇，古今名邑。抵雁门而锁北口，扼原平而镇并州。曾经辉煌一时。自1959年县府南迁原平，此地逐渐荒弃。如今看去，店铺残痕，深巷坍厦，文庙改作粮仓，学院依稀书声，油路与古桥并行，残垣和新楼共立。尚有名"景明""宁远"的南北城门残存，字迹可辨。荒凉中蕴藏些许辉煌，破败中崛出顽强新生。古今融会，观来别有一番滋味。

卸甲轻身归故乡，
小城重阅几苍黄。
灯红酒绿幌兴衰，
攘往熙来人炎凉。
残堞高楼相对立，
古桥油路共绵长。
景明城上昏鸦起，
宁远门前车竞扬。

2010.4.13

见文庙作粮仓

巍峨大殿作仓廪，
粟米搬来伴圣人。
休怪宗儒也下海，
从来温饱胜诗文。

2010.4.13

食德

博爱

崞阳普济桥（三首）

崞县普济桥，与赵州安济桥齐名。始建于金元时代。斑驳凹凸，磨痕光滑，可见当年车水马龙景象。河水如镜，流淌不息，迎送了多少匆匆过客，摄下了多少美景实况。怅立桥头，眼前倒映的分明是一幅故乡版的《清明上河图》，一部不见首尾的历史风光纪录片。

（一）

水映孤桥拱月轮，

石板夕照辙痕深。

千年喧嚣归沉寂，

坐看飞车日日新。

（二）

历尽沧桑竟几春，

敞开胸脊满疤痕。

躬身负重越千载，

乐度南来北往人。

（三）

车辙斑斑刻满痕，

抚栏怅望读奇文。

水流映照能拷贝，

倒看千年来去人。

2010.6.11.补记

古人为宾我为主

管涔山"品字石"三题

（一）

天植芦芽地耸崖，
奇松怪石冠名牌。
更惊神笔巧题字，
一品天书信手栽。

（二）

风吹欲坠眼中玄，
磊摞千年稳似磐。
危石巧支谁奇想？
绝版真品出天然。

（三）

支锅奇石冠名新，
形象文雅众口申。
民思衣食官思品，
山石闲看各传神。

　　管涔山品字奇石，民间俗称"支锅石"，近经官方文
士正式命名为"象顶一品石"。

2007.10

烟云供养

"万年冰洞"三咏

(一)

灵气升腾彻骨寒，
奔珠泻玉缀琼丸。
迷离瑰异休为怪，
地琢天雕亿万年。

(二)

结玉凝霜冲碧空，
寒深未可怨春风。
一朝战罢芳菲尽，
百万玉龙歇地宫。

（三）

崖前深窟积冰层，

崖后烟尘地火腾。

万物天然有灵异，

谁言冰火不相容？

2007.10

"悬空人家" （二首）

管涔山悬空村，悬崖栈道，绝壁险居，其原始艰险状态令人惊奇；有电视电话与外界相通，隔绝而不闭塞，其现代化与原始的反差和共处，更叫人叹为观止。

（一）

凌空栈道不知年，

古寨天街壁上悬。

隐在深山人未识，

探奇绝胜旧桃源。

（二）

悬梯栈道两三家，

天线窗前粘野花。

只道深山如隔世，

银屏漫步遍天涯。

2007.10

行到水穷处
坐看云起时

歌管涔

山乡育锦绣，
满目尽葱茏。
崖窟冰层厚，
峰侧地火腾。
灵源出池沼，
芽岫入云空。
奇石风中摇，
平湖顶上明。
有泥皆发热，
无土不埋晶。
绿树原生茂，
乌金遍地丰。
汾河一滴水，
涔岭万年冰。
新路飞车阔，
古关历代雄。

2007.10

汾源颂

山积灵源双脉长，
汾河奔涌浍河藏。
芦芽化石云天立，
瀛海登高绝顶镶。
十里流金禾夹岸，
一沟滴翠土生香。
冰层地火相和谐，
新路古关共辉煌。

2007.10

指点江山

忻州禹王溶洞

草掩重门无底洞，
盘蜒曲折窜山空。
夏凉冬暖真仙境，
光怪陆离迷幻宫。
天女散花塑瑰丽，
石猴献技隐群雄。
水溶巨穴泉凝石，
亿万年来造化功。

2006.7.23

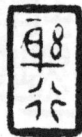

躬行

回乡所见

　　戊子清明，回乡祭祖，特意寻访久别的外祖母旧居。但见山村依旧，清静不再，私挖滥采，疮痍满目，林木披靡，泉溪干涸。不仅没有新农村的样子，连过去的一点温馨纯朴也没了踪影。

故园山水抱春风，
岁月匆匆归旧童。
忍睹瓦庐墙欲坠，
欣逢玩友背如弓。
清泉何故竭无泪？
苍岭无端遭毁容。
但见村头牌子亮，
小康壮语慰新农。

2008.4

题故乡村景照

旧景新图别样情，

故乡山水眼中明。

堡围倚岭前后立，

甸路沿河南北横。

来去燕巢曾数对，

高低书舍仍几声。

时时观赏如归里，

每觉村头又远行。

2007.2

归路有明月人影共徘徊

记 游 篇

——万里山河任纵情

众鸟高飞尽，孤云独去闲。

相看两不厌，只有敬亭山。

——李　白

北国风光，千里冰封，万里雪飘，

望长城内外，惟余莽莽，

大河上下，顿失滔滔，

山舞银蛇，原驰蜡象。

欲与天公试比高。

须晴日，看红装素裹，分外妖娆。

江山如此多娇，

引无数英雄竞折腰。

——毛泽东

访云台山景区

乘风驭电太行来，
一马中原四望开。
回看家山隐何处？
茫茫烟雨是云台。

2006.9.21

过函谷关

西向踏青牛，
沿河函谷幽。
崤关杳令尹，
《道德》万年留。

2006.9.22

题悬空寺雪景

仙阁琼楼雪裹松，

银镶玉嵌展玲珑。

伫观浑忘身何处，

天上人间悬半空。

2007.6.24

赏雨茅屋

王官谷怀司空图

漫步苔痕幽谷空，
山涧淌出韵淙淙。
洞庵指认多附会，
侧耳流泉吟诵声。

唐代大诗人司空图晚年隐居故乡王官谷（亦称王官峪），写出许多优美的山水诗及论诗名篇《诗品二十四篇》。王官谷成为当今旅游胜地，多半亦赖于此。

2010.10.14

沧浪小隐

赵州万柏寺万佛阁

　　赵县之万柏寺，因柏树繁多而得名，而今树木所剩无几，香火仍然鼎盛。其万佛阁尤其气派。香客只要舍出一些金钱即可认捐一尊佛像。已捐和待捐的佛像排列有序，布满殿堂，琳琅满目，煞是壮观。神佛崇拜与经济收益联系如此巧妙，着实令人叹服。

　　　　柏林不见树几根，
　　　　捐得金身逾万尊。
　　　　若问佛神何其众，
　　　　佛心原本是人心。

2007.10

自求多福

古城观灯（二首）

（一）

溢彩流光照眼明，

银河落地聚群星。

人潮灯海无边影，

春到新生不夜城。

（二）

花灯如海客如潮，

闭月欺星映九霄。

仙女巡天忽迷路，

银河欲渡入平遥。

2008.2.15 元宵节

上绵山（二首）

（一）

绵峰久慕觅新凉，
暑溽乍消日影长。
介子踪痕已难杳，
清泉洗耳仍飘香。

（二）

当年介子避尘嚣，
绵上清心未可逃。
游热胜于寒食火，
何容闲客结松巢？

2010.6.24

张壁古堡

　　介休张壁是晋中著名的古村落，地上堡围高墙，壁垒森严，地下暗道如网，纵横交错。现开发的地道有上下三层，三千余米。内有屯兵坑、储粮间、作战室、瞭望孔、马厩、气道、暗井、翻板……设施齐备，一应俱全。有说是隋唐争战时李世民藏兵之遗址，有说是富商巨户连甲自保的枢纽，有说是抗日地道战之蓝本……专家学者研究多时也没个准确的结论。更说明了此地的神秘和高深。

堡围鹿砦壁垒严，
暗道纵横内外连。
袅袅炊烟笼战史，
残戈断矢诉何年？

2010.6.25

再访延安（二首）

　　杨家岭、枣园等革命遗址保存依旧，游人如织。大概是为了增加观赏性、形象性，主办者又组织了模拟延安保卫战的场景。军民齐集，敌进我退，炮声震耳，锣鼓喧天，煞是好看。不知是戏说历史，还是戏弄眼球？

（一）

　　层层窑洞伴高楼，
　　车水马龙塞满沟。
　　胜地重来观盛景，
　　旧痕新彩竞风流。

枣园

（二）

欢歌嬉闹炮声隆，

"红""白"双方战又浓。

说史从来如演戏，

延河默默笑谈中。

2010.6.29

重阳节宿大禹渡

头枕波涛脚抵垣，

河声岳色涌心间。

大禹渡上客居夜，

月满长河人未眠。

2010.10.16 重阳节

大禹渡放歌

仰看星辰俯探流，
风光占尽卧飞楼。
千巡恶浪归瀛海，
百丈黄龙上岭丘。
巧学神禹疏水利，
智驱河伯醉田畴。
登高一首临江曲，
浩气随波壮九州。

2010.10.28

激扬文字

太行上下观

　　一山隔两省，一水串豫晋，岭下云台山，顶上王莽岭，鸡犬之声相闻，老死难以往来。言有悬崖吊绳传信之事，今日一观信为真也。

乍别太行观太行，
悬崖隔绝水茫茫。
飞流直下三千尺，
峭壁高垂一线长。
信物易传惊鹏鸟，
情人难会叹牛郎。
群山比立近乎远，
岩上花开两处香。

2006.9

登珏山

　　泽州之珏山，双峰并峙，两玉合碧，傲立于太行之巅。莽岭拱立左右，丹河盘于脚下。每当望日之夜，明月自双峰间吐出，谓之"双峰捧月"。其景亦佳，其名亦雅。

双峰挺立太行头，
壮丽山川一望收。
莽岭横天云外隐，
丹河劈地峡中游。
桃花入眼开心绪，
鸟翅扇情翱自由。
闻道良宵山吐月，
倚崖至夕数风流。

2008.3.14

塞上吟

天高云淡野茫茫，
红柳轻摇点秀妆。
山献乌金翻峻岭，
河浮冰玉展奇光。
新风吹散凄凉调，
众手编成锦绣章。
一日神游河朔地，
古今风物入诗囊。

2008.9

大好河山

登五台山（六首）

五台山地处华北，脉系太行，五峰耸立，高标云霓，海拔三千米，环基七百里，有"华北屋脊"和"清凉胜境"之称。域内寺庙林立，兴盛时达三百余处，作为佛教圣地已有近两千年历史，被列为四大佛教名山之首。其东、北、中、南、西五个台顶，又称望海峰、叶斗峰、翠岩峰、锦绣峰、挂月峰，别具诗意，各呈特色。每尝登临，确有坐拥山河、俯仰天地之感。

总览五台

极目云天五顶高，

群山屏立竞相朝。

南坡铺锦花齐放，

北岭藏珍雪未消。

宇刹延绵无捷径，

仙凡阻隔有心桥。

一登峰上尺余地，

坐拥山河七百遥。

秋攀东台

脚伤未肯废攀登，
直上灵台望海峰。
云雾常将霄壤乱，
天风欲挟岫岩腾。
环睨坪野红抹翠，
遥眺峰巅雪映晴。
总信山高能有路，
闲情浓处即豪情。

东台

重上北台

鹫台欲上半旋登，

风锁鸿门车不行。

且喜春光临佛地，

再驱铁马上层峰。

殿前眯眼观碑碣，

崖顶摩掌摘斗星。

满目浮云来复去，

征尘抖落一身轻。

北台

夏登中台

好风送我上仙山，

磅礴晴岚如海喧。

素练缠峰开鹤路，

繁花点翠罩层峦。

万千松影台前拜，

三五磬声云外闲。

古殿凌空天地小，

登高但见鸟廻还。

中台

步临南台

访胜偶逞驾鹤才，

乘风跃上古莲台。

山峦渐自眼中远，

雷电惊从脚底开。

留影芳塬迷锦绣，

撩云石殿谒如来。

已将俗事抛身外，

哪觉清馨装满怀？

南台

眺望西台

瑶台西照闪灵光，

岭脊横牵一径长。

溪水携云深涧出，

天花绊腿屐痕香。

真如欲拜须诚意，

胜迹贪瞻奈夕阳。

寄语峰头池上月，

相邀他日洗清凉。

2007.10

西台

九寨沟

七彩山林五彩湖，

流丹滴翠撒明珠。

游人蜂拥夸仙境，

此景寻来天上无。

2011.10.11

风景这边独好

九寨沟黄龙

养在深闺人未识，
面纱偶揭客如流。
琼浆濯足云缠腰，
锦缎披肩雪裹头。
悬瀑挂珠飞碧玉，
凝湖结翠铺彩绸。
沸腾山水尽情舞，
人景互观直未休。

2011.10.12

西郊之野

滇西纪游（组诗）

穿 云

　　乘机入滇，神鹰展翅，一瞬千里。凭舷极目，但见天地混沌，云海茫茫，山河展画，气象万端。虽非第一次乘飞机，但眼前的壮景幻影，还是令人眼乱神迷，惬意无限。

云悬幻地气堆山，
万里晴空驰雪原。
赖有神鹰高展翅，
凡夫顷刻走飞仙。

九乡溶洞（二首）

首先访问昆明郊外之九乡景区，溶洞峡谷，鬼斧神工，自然景观，堪称奇绝。据勘测这儿还是古人类遗址。

（一）

天水溶岩润九乡，

石林入地挂长廊。

春城美景随处是，

立体画图地底藏。

（二）

水滴云穿绝壁开，

岩花石笋自然栽。

迷宫暗道留奇迹，

燧火几曾燃灶台。

昆　明

　　结伴同游昆明的代表性景观石林景区。沿途鲜花怪石，雨润气清，异装靓女，笑语欢声。不愧春城景色。

鲜花挺树石排林，

细雨飞红气散馨。

有女皆呼阿诗玛，

春城无处不呈春。

莫道昆明池水浅

大　理

　　由昆明乘火车至大理。长龙披云挂雾，穿山越岭，经一夜盘旋，次晨停靠在著名的苍山洱海边。湖光山色，云雾缥缈，石径木楼，古韵悠幽，立刻给人一种古老而新鲜、神秘又亲切的感觉。

踏青揽翠画中行，
曲径碉楼嵌古城。
蝴蝶弄泉湖作海，
苍山顶上白云轻。

关山古道

苍山洱海

　　游船横渡洱海，碧绿映眼，清风荡胸，抬头观望云雾缭绕的苍山雪顶，低头俯察水底荡漾的雪山白云，山水辉映，水天一色，别有一番意趣。"仁者乐山，智者乐水"，来到此地，大概人人既是仁者又是智者了。

山作围堰水铺镜，
苍山洱海共多情。
客来所喜皆仁智，
水托画舟云里行。

水天一色

东 巴

到东巴谷，参观纳西人家，领略东巴文化。古老原始的纳西文明只是到改革开放以后才真正为外界所知，得到尊重，开始了科学的发展。

边寨山乡东谷巴，
四方争探纳西家。
文明根系原生态，
古木盛开现代花。

居深山之中

长江第一湾

由大理乘车前往迪庆丽江，高山峡谷，逶迤难行。
行至名叫沙松碧的山坳，停车俯瞰，只见滚滚金沙江依
山势顺峡谷，急转 100 多度大弯向东而下，挥别并行的
姐妹河怒江、澜沧江，直奔中原，自此始称长江。

金沙滚滚起沧澜，

直下岷峨聚百川。

遇阻神龙轻摆首，

东流万里势无前。

金沙水拍云崖暖

丽江古城

古城不夜，店铺林立，游人如织，灯红酒绿，小桥石道，溪流绕脚，景若江南，俗存边塞。这里是历史上著名的茶马古道上的重要站点。"普洱茶"作为连接古今的物质遗产，更是闻名退迩，身价倍增。同行者不辞劳困，购物赏景，通宵达旦，乐不思返。

流水小桥石径斜，
笙歌曼舞夜流霞。
西风古道话茶马，
边塞秦淮羁客家。

九州同春

香格里拉

香格里拉——一个可以产生无限遐想的名字，一个令人神往的地方。沿途的高山峡谷和风土人情，令人耳目一新，目不暇接。跨金沙江，观虎跳峡，尤其是那神秘亮丽的梅里雪山，云罩雪峰，雪映晴空，忽明忽暗，时隐时现，蔚为壮观。

峡谷高原土著民，
江腾虎跃水流金。
秀美皆因离天近，
峰罩轻纱雪乱云。

天上人间

普拉措

香格里拉之普拉措（藏语原始之意）国家森林公园，四面有雪山环绕，中间有碧海映照，草原如茵，桧柏参天，牦牛矮马，天然闲散。沿湖漫步，眼润气爽，似乎尝到了与大自然交流的悠然和怡然。

群峰环绕玉龙盘，
碧翠一潭岭上嵌。
古树时花夸净土，
游人欢闹马牛闲。

江山如此多娇

泸沽湖畔

汽车盘山越岭抵滇西北宁蒗之泸沽湖。这里是被视为当今国内唯一保持母系社会特征的摩梭人聚居地。人称"女儿国""桃花源"。湖光山色，美丽绝伦，风土人情，淳朴迥异。

苍山叠映翠湖清，
米酒火塘对唱声。
穿越时空追古梦，
女儿国里赏风情。

更加郁郁葱葱

上里务比岛

摩梭阿哥阿妹摇驾猪槽船（独木舟）送我等荡泸沽湖，登"里务比岛"。这是我国最大的高原淡水湖，也是我所见到的最没有污染的湖泊，碧绿湛蓝，清澈见底。湖心有一仙岛"里务比"岛。"里务比"即鸟语花香之意，岛上只有一座寺庙和无数叫不出名目的花鸟树木，是真正的世外桃源。

猪槽稳荡起轻波，

阿妹摇橹鸟伴歌。

戏探泸沽清见底，

千年里务育摩梭。

雾隐

空中览滇池

在昆明未及游览著名的滇池。离滇飞机刚一爬高，便见机下一片碧绿，平展浩渺。知是飞越滇池，这样不但补上了缺憾，而且俯瞰全景，百里滇池，一览无余。较之地面赏观更为壮观，也为此行画了一个圆满而惬意的句号。

神鹰拔地野中迷，
碧玉一泓闪丽姿。
欲识春城真面目，
云端放眼收滇池。

2009年5月29日至6月8日

万物一池

东北纪行

2009 年 7 月中旬，历时十几日，驱车数千里，遍游东三省。越松辽、逛冰城、品北极、跨草原、穿大兴安岭、赏长白天池、踏黑水鸭江、晒绿岛海岸，马不停蹄，浮光掠影。虽未能充分领略北疆大好河山，总算补了一课，偿了一愿！

出关记

乘风直下太行巅，

绿野青川奔眼前。

迅达松辽平路阔，

笑迎宾客险关闲。

千年沉寂荒草甸，

一夕喧腾油铁园。

铁马童心鹰展翅，

白山黑水画图掀。

过曹妃甸

太行直下阅燕幽，

铁塔高炉立海隅。

欲睹曹娥新靓影，

轻车已过老龙头。

观沈阳故宫

是日恰逢七七抗战 72 周年并忆及长春伪满皇宫。

偏殿红墙小故宫，

金戈铁马话龙兴。

欲承祖业凭邪力，

终究无颜说盛京。

五大连池

　　五大连池位于哈尔滨西北，系火山遗址，因火山喷发形成五个相连的堰塞湖而得名。湖区有温泉，更有号称世界三大冷泉之一的著名冷矿泉。有火山形成的石海石瀑，更有火山灰覆盖下的火山岩内千年不化的冰河冰洞。令人称奇叫绝。导游虽作了解释，总也没弄明白冷暖一地水火相容的奥妙和缘由。

地热喷腾石海凝，

神泉冷暖一池清。

千年水火共奇妙，

淌下岩浆结暗冰。

西山爽气

大黑河

　　黑河者东北边界小城也，所傍水流即黑龙江上游，当地亦称黑河。黑河也是界河。东南三五公里即古镇瑷珲（著名的《中俄瑷珲条约》签订地），与布拉戈维申斯克（我国古称海蓝泡）隔江相望。近年来，两岸交流频繁，贸易发达。街头饭店随处可见俄人，或漫步，或留影，或购物。且衣着亦像中国人，有在此购房长居者。大黑河也见证了中俄关系的漫漫历史长河。

滔滔不息淌清波，

左揽兴安右抚俄。

隔岸中分牵两国，

一川淡墨写山河。

 云涛

漠河北极村赏夜

黑龙江省漠河县漠河乡地处我国最北端，即地图上"鸡冠"顶部，犹如冠上明珠，古称漠口，现被称作"神州北极"。由于所处纬度高，距离北极近，这里夜短昼长，晚间九点多天黑，夜里两三点便放亮。人称"白夜"。远奔来此，得赏不夜奇景，劳而得乐，行程不枉！

故国皇冠北极村，

清凉盛夏绝温馨。

无私红日肯多顾，

白夜周天闪亮云。

北国风光

车越大兴安岭呼伦贝尔

　　早上依依告别北极漠口，柏油路穿行在大兴安岭诸林场间，两侧绿树茫茫，遮天蔽日，茫无边际。小车犹如一只小鱼小艇，潜行在茫茫大海之中，甚是惬意。驶出林区，视野顿开。先是茫茫绿野，一望无边的大草原，接着是一片连一片的农田，大豆禾苗，绿油油，平展展。小车好似轻漂在绿海碧波一般，煞是喜人。一路贪看景色，从黑龙江北插入内蒙古东，穿林海草原，过农场牧区。原定宿加格达奇，不觉又行数百公里，直到天大黑才停住在莫里达瓦。原来是一个达斡尔族自治旗，无意间又领略了另一番风土人情。一宿后，直奔讷河、齐齐哈尔、大庆，不想这两个大型重工业城市，也在茫茫草原包围之中。

　　　　　轻骑插翅驾飞舟，
　　　　　越黑贯蒙遍岭丘。
　　　　　润眼北疆皆碧绿，
　　　　　茫茫身在海中游。

长白山天池

　　长白山雄踞东北亚，横亘于中朝边界。天池犹如一颗耀眼的明珠镶嵌在山的顶峰。成为闻名世界的旅游胜地。这是一座年轻的火山，天池就是一个巨大的火山口，很像一尊向天张开的硕大的酒杯，里面盛满了琼浆玉液，碧绿碧绿的，叫人眼馋。由于池深沿陡，没能真正品尝到水的滋味，但饮用山区抚松、靖宇县所产地道矿泉水，其甘甜爽洌之程度，即可想象天池之水的滋味。而吸引众人争品的并不仅仅是池水的味道，而是那池水的壮观神奇，还有那传说中的水怪……所能感受到的是天池之水，旱不竭，雨不盈，高聚突兀的火山之巅，无根无源，反倒成为滔滔鸭绿江的源头。站立池边，俯瞰池水，深不见底，仰观长空，天风浩荡，顿觉心胸开阔，雾卷雨瞬，日灿风啸，令人心旷神怡，飘飘欲仙。

絕顶铺开碧玉盅，
一泓清漪荡天风。
登高争品池中物，
地火酿成天酒浓。

长白山高山花园

　　由于火山的缘故，长白山地貌独特，火山遗痕十分显著，海拔每升高百十米，就呈现一段不同的景色。底下是松柏杨柳，参天蔽日；再上是杉桧桦林，高耸挺拔，再上是针林灌木，奇嶙岈嵯；再上是草甸花园，绚丽多彩；再上是岩灰裸露，寸草不生，沟岔之间，皑皑积雪，终年不化。最可观的就是那一眼望不到边的天然大花园，红黄绿紫，漫山遍野，蜂飞蝶舞，美不胜收。绝胜世界上任何人工的花园景观。

繁花铺地漫无边，

装点当年活火山。

天女神农勤施展，

废墟辟出百花园。

集安小憩

吉东小镇集安，傍山倚江，幽静秀丽，雅致清新，岸边观鸭绿江，清澈见底，一尘不染。江宽几十米，河中为界，东侧即朝鲜。可入江游玩，但不得登彼岸。隔江久望，田畴房舍，清晰可见，唯不见人影。到了夜晚，此间灯火辉煌，对岸却幽暗寂静，透出几分神秘和莫测。境内有古高句丽国国王墓遗址，并遇多批朝鲜人往来于道，颇觉文雅，从衣着行为实难分辨朝人抑或韩人，其实他们本来就没有什么区别。

幽幽小镇映江东，
月探波涛澈底清。
招手曾呼兄弟好，
隔江频顾雾朦朦。

鸭绿江大桥

　　著名的丹东鸭绿江大桥，是中朝友谊的纽带，也是抗美援朝的标志，巍然屹立，令人景仰。想到它，自然就想到那嘹亮的志愿军之歌，想到那血红雪白的殊死战斗，想到鲜血凝成的战斗友谊。今日一见，心为之震动。然桥的凝重，桥上的寂寞，又使人生出许多莫名的惆怅和感慨。

铁骨嶙嶙岁月磨，
涛声依旧敲清波。
断桥肃立默无语，
耳畔犹听纠纠歌。

更加众志成城

大　连

　　大连——辽东半岛顶端一颗闪光的明珠，渤海潮头托起的璀璨瑰宝。其优美的自然风光，壮丽的城建景观，充分展现了人与自然的和谐美。展现了改革开放的巨大成果。虽是第二次来访，仍有流连忘返之感。

　　　　巨厦洋楼倒影长，
　　　　晴天滴翠夜流光。
　　　　人间仙境何处似？
　　　　天上花园落海旁。

青山不老

山海关

　　山海关雄踞渤海，扼守辽西，实为中原锁钥、关内咽喉，千百年来作为军事要塞，号称"天下第一关"。如今雄姿依旧，关匾高悬，关前关后车水马龙，城上城下人流如潮。千年古关正以崭新的面貌履行崭新的义务，迎送八方游客，成为招揽关内外、国内外客人的门庭闹市。古关的功能与建造的目的，来了个一百八十度的转变。军事锁钥的"天下第一关"成为旅游胜地的"天下第一关"，表明了社会的安定祥和。从历史的长河看，军事建筑的象征意义应该永远大于功能意义。"天下第一关"的转业下海，此社会之进步，人类之大幸！

飞车大路客如狂，
昂首敞怀迎送忙。
依旧雄姿夸第一，
老龙头上阅沧桑。

东北行

身披酷暑访冰城，
山野敞怀次第迎。
油路脚前铺地毯，
和风耳际伴歌声。
大河无意分疆界，
红日多情映夜明。
走马粮仓越林海，
白山黑水写深情。

千里快哉风

游福建（组诗）

夜　航（二首）

　　飞经南京去福州。夜色中飞机缓缓起航，但见灯火辉煌，满目璀璨。机身下，万家灯火，犹如繁星落地；机上方，满天星斗，恍似彩灯悬空。飞行于茫茫夜空，天地之间，一时让人忘记时空，不辨哪是灯火，哪是星空。

（一）

天上星星地上灯，

争相眼映夜飞行。

糊涂人向神鹰问：

哪是灯光哪是星？

（二）

神鹰拔地夜飞行，
满眼灯光满眼星。
心抱胡疑向谁问，
天街入夜谁掌灯？

九曲溪漂流

钻峡登云访武夷，
竹排九曲荡清溪。
贪心直怪时流快，
碧水奇峰入眼迷。

澄心

赴泉州

火车沿闽江，跨八闽，直奔泉州。泉州是著名侨乡，自古就是对外开放的窗口，海上"丝绸之路"的起点。因本地盛植刺桐树，被马可波罗以"刺桐"为地名介绍到世界各地。

绿水悠悠伴客行，
日驰千里夜兼程。
八闽纵贯追泉郡，
傲立海隅老刺桐。

陌上花飞又一年

076

泉州少林寺

南北争雄几少林，

红男绿女叩山门。

风弥街市狂拳脚，

喧嚣庙堂祈善仁。

香火勤收勿走样，

真经懒诵靠录音。

僧尼早已与时进，

台上可尊现代神？

愿保慈善千载为常

金门岛前

　　十多年前曾到金门海域一游。那时普通船只还不能靠近。今随着两岸关系的改善，旅游航线也已开通。是日也，恰逢凡亚比台风初平，丽日风清，海波不惊，游船稳稳抵近金门岛，但见岛上"三民主义统一中国"的标语清晰可见。此口号台湾已废弃不用，现仍矗立于此，完全是一个景点标志。游人纷纷摄影留念。

踏波再叩小金门，

风浪初平碧色新。

炮战当年成趣话，

滩头争睹旧"三民"。

化干戈为玉帛

厦 门

　　厦门因遍栖鹭鸟，雅称鹭岛。是近陆岛，是最早对外开放的沿海城市之一。有海底隧道和跨海大桥与大陆相连，环岛高速四通八达。

彩虹飞架涌车流，
跨海钻山逛绿洲。
水上乐园亦闹市，
巍巍鹭岛立潮头。

海阔天空

武夷山

越岭跃溪过大峡，
轻车迤逦走龙蛇。
奇峰披发堆妩媚，
曲水携云抖素纱。
追古书声凝旧院，
诱人野味餐农家。
武夷秀色何所在？
竹野山林慢品茶。

2010.9

山下山下

访湖南（组诗）

湘江岸上

一翅扶摇湘水边，
人流更比水流欢。
心潮恰似江潮涌，
指点江山追圣贤。

黄龙洞中

顽皮地壳拱穷窿，
水滴石凝万象生。
沉寂亿年细雕琢，
我来一唤俱欢腾。

钻天门

飞斗凌空云上来，

悬梯倒挂达天台。

乘风鼓气不停步，

魔幻天门脚底开。

赏群山

山如笋剑漫空排，

插地摩天雾半埋。

造物兴来显身手，

岫峰十万一盆栽。

巍巍山河

游张家界

穿时越空并超音，
千里驰寻陶令春。
洞献神奇钻地厚，
山栽瑰丽入云深。
潇湘笔墨壮华夏，
衡岳风雷烁古今。
时代桃源难世外，
武陵道上乱纷纷。

风景这边独好

访韶山冲炭子冲

冒雨兼程为仰韶，

韶峰侧畔出英豪。

九州齐拥两主席，

万古独尊一斯毛。

播火救民紧携手，

探索强国咋扬镳？

苍天含泪无言语，

烟锁山河阴雨潇。

横空出世

过贾谊宅读唐人《过贾谊宅》

再过星城思贾谊，

悬名故里复何疑。

千秋太傅谪迁客，

一代文宗屈贾祠。

尚有斯年虚席问，

何期越代达人知？

红尘滚滚齐攒动，

难怪门前车马稀。

2012.5.6

古人应笑我

海南短居（组诗）

飞海南机上

仁人世代慕飞仙，
闲驾银龙逐梦圆。
云雾舒张铺画纸。
山川驰骋摆沙盘。
辛勤已绘地中地，
智勇要征天外天。
观物最宜高处看，
时空变幻望无边。

入住琼海小区

乘兴追春作鸟飞，

扶摇一翅海之隈。

苗乡黎寨耸高厦，

蕉叶榕须掩翠微。

为是同音人称故，

似曾相识客如归。

天泉涤去征程累，

拂面椰风红雨霏。

鸥邻

浴温泉

天涯不厌旅程新，

海角泉塘碧水粼。

宜北宜南追候鸟，

乐山乐水作蛙人。

琼浆化去千千结，

椰雨浇平累累痕。

靓女衰翁多北客，

棉红蕉绿四时春。

乐水

博　鳌

海角起新镇，
远观如蜃楼。
三江割翠岛，
五指拨狂流。
昔日荒蛮地，
今时誉满球。
高朋引万国，
博弈占鳌头。

今日向何方

再上博鳌玉带滩

犁波碾浪上沙洲，
澎湃三江入海流。
浪涌柔沙铺玉带，
雷鸣岸石碎潮头。

登文昌铜鼓岭

海气蒸腾上岭巅，
孤峰隐约半浮悬。
云梯轻踏登高看，
天是海洋洋是天。

观海听涛

深冬遇布谷鸟兼答新识老乡

椰林漫步遇鹧鸪，

欢跃枝头向我呼。

问询追春何处客？

似曾相识老邻居。

别墅区见东北客开荒种地

谁人不弃老本行？

别墅周边开小荒。

农垦老将闲不住，

北方种遍种南方。

谁主沉浮

惜别海南

天涯天景胜天堂，
美景天成达海疆。
但得风光能诱客，
不知何处是家乡。

2011.12—2012.3

一往情深

感 怀 篇

——世事纷纭情味长

前不见古人，
后不见来者。
念天地之悠悠，
独怆然而涕下。

——陈之昂

当年万里觅封侯，
匹马戍梁州。
关河梦断何处？
尘暗旧貂裘。
胡未灭，
鬓先秋，
泪空流！
此身谁料？
心在天山，
身老沧州。

——陆　游

夜宿峨眉金顶遇雷雨

攀云宿岭岗，

高处享清凉。

夜半忽惊梦，

雷公归故乡。

2007.6 忆作

端午感怀

骄阳仲夏长，

兰艾溢清香。

竞看龙舟舞，

诗情荡满江。

2007.6.19

端午新感

竞渡龙舟映日红，

城乡糯酒漫酸风。

网民不解汨罗恨，

空叹强邻抢祖宗。

2010.6.17

品酒杏花村

雾笼塬上雨霖霖，

车过汾州风醉人。

不劳牧童遥路指，

酒香引入杏花村。

2010.7.1

沁水谒赵树理故居恰逢先生百年诞辰

木楼石础掩重门，
初踏山乡倍觉亲。
风雨百年恋热土，
文星犹耀小山村。

2006.9.19

春 归

一夜鹅黄上柳梢，
枝头欢跃绽粉桃。
何来巨擘丹青手？
神笔无形淡淡描。

2007.3.30

春　分

节令惊春物候苏，

枝头啼鸟纵情呼。

农夫技痒挥锄笔，

垄上犁描新画图。

2012.3.20

娘子关高速路塞车

太行岭上雾朦朦，

暗锁长龙苍翠中。

铁马银车何盛会？

关前困厄摆威风。

2007.3.30

098

过韩信岭遇雾

苍岭茫茫天外横，
烟岚雾霭锁崚嶒。
山川频吐英雄气，
弥漫千年恨不平。

2007.4.5

访姑射山

蓬莱姑射俱仙山，
山在虚无缥缈间。
汉武秦皇求不得，
得闲今日我轻攀。

2007.5

叹饰演黛玉之陈晓旭出家辞世

绛珠仙子出红楼，
一曲葬花殇九州。
演罢浮生归隐去，
太虚尘世两悠悠。

2007.6.7

与作家二月河谈艺术真实

铁马金冠口似河，
浓妆酽墨为谁歌？
真真假假休疑怪，
故事方圆靠打磨。

2007.7.27

读《阎锡山传》

割据一方称土皇，
强兵富国梦中香。
弃民终被人民弃，
孤岛幽居话迷茫。

2007.1.25

婚礼所见

谁家嫁娶出新筹，
红帕遮于石狮头。
满眼风流满眼阔，
砖石害得哪门羞？

2007.8.20

谒介休后土祠所遇

煌煌古寺又翻新，

佛道皆通夸掌门。

解卦撞钟勤收费，

不知圣母哪方神！

2010.6.25

首届煤博会当晚太原焰火盛开

花雨迎风次第开，

千红万紫却尘埃。

九天请出多情女，

抛彩飞光献瑞来。

2007.9.16

连阴雪

雾锁浑濛久不晴，

披银撒玉遍晶莹。

天公今日何慷慨？

洁净飞来填不平。

2008.1.28

冬旱闻山东半岛大雪

好雪漫蓬莱，

艳阳此地开。

阴晴何太异？

昂首问天台。

2008.12.30

南中国雪灾

严霜漫撒却尘埃，

寒气百年一夜来。

敢问天公何所怒？

冰清玉洁也成灾！

2008.2

寒暑问

气候反常，寒暑瞬变。华北地区几天内连创两个气象记录：4月份气温最低和五一气温最高。令人应对不及。老天也学会"忽悠"了……

昨日裹棉今日单，

从冬入夏瞬时间。

老天也犯摇摆病，

近利急功为哪般？

2008.5

看元宵社火表演（二首）

（一）

脸上春风眼上波，
蛮腰一扭起秧歌。
谁家俏姐翩翩舞？
粉面彩衣罩阿婆。

（二）

长袖飘飘舞上肩，
轻盈直欲斗飞天。
招来天使频探问：
阿妹阿哥何处仙？

2008.2.25

"掉馅饼"之惑

临汾小伙许霆广州 ATM 机上刷卡，遇机器失灵，恶意取款 17.5 万元，以盗窃罪获刑。此事引出诸多法律、道德、科技及管理问题……

谁言馅饼不落天？
且看柜台狂吐钱。
科技失常如梦幻，
花花世界莫心贪！

2008.2.26

大千世界

汶川抗震歌（组诗）

一、祸起

地魔恶作欲天倾，
遍野哀鸿举世惊。
患难能凝兴邦志，
成城众志抗山崩。

二、战旗

帅旗扬起映天红，
决战废墟分秒争。
前线挥师民至上，
中枢率领战山崩。

三、三军

灾情传令动天兵，

十万兼程水陆空。

绿色铺开生命线，

军民携手挽山崩。

四、母亲

万钧压顶嫩肩撑，

幼蕾安然褪褓中。

母爱情怀撼天地，

尚存一缕胜山崩。

天欲堕

五、老师

讲坛德育播真经,
大难突来身践行。
漫道书生脊梁弱,
临危一挺扛山崩。

六、少年

瓦砾施救少年雄,
危难时刻胆气生。
有爱嫩苗撑大树,
纯情稚气顶山崩。

变者生

七、校长

多方努力基础稳，
自救自防重养成。
未雨绸缪倾责任，
常怀忧患防山崩。

八、公仆

水咽云暗仰高风，
后己先人彰大公。
生死关头见本色，
公仆义勇化山崩。

惊回首

九、捐赠

解囊挽袖遍寰中，
热血殷殷和泪腾。
援手紧连老青幼，
如潮大爱遏山崩。

2008.5~8

过地震灾区

地裂天崩骇世闻，
数年陈迹仍惊心。
石流岈嵯两山挂，
新路逶迤一径伸。
断壁残垣凄苦诉，
藏楼羌寨焕然新。
凤凰浴火何所似？
映秀初来便得真。

2011.10.15

奥运冠军赞（组诗）

单杠冠军邹凯

横杠腾挪巧摘金，
悟空见了也惊心。
若非为践五环梦，
筋斗一翻早驾云。

2008.8.23 奥运期间应诗词学会之邀而作，收入《从洛杉矶到北京》一书。

双杠冠军李小鹏

杠平身手轻，
张臂舞长空。
万众加油疾，
鸟巢起大鹏。

双人跳水冠军郭晶晶吴敏霞

天鹅展翅忘情舒，

共舞芭蕾向太虚。

俯看清波多皎洁，

返身化作美人鱼。

女子举重冠军刘春红

千钧在手若轻拈，

气贯云天力拔山。

翘指霸王夸力士，

回眸一笑美婵娟。

2008.8

秦兵马俑

一代豪强落暮埃，
千军万马隐丛台。
雄师未却鼙鼓乱，
留得后人观阵来。

2007.1.25

友人登滕王阁遥寄

滕王高阁临江渚，
孤鹜落霞入画图。
满腹才情何所寄？
远瞻所喜一回眸。

2011.4

逛书摊

闲来又逛旧书摊，
沙里淘金任挑拣。
何得轻风恁乖巧，
殷勤为我逐篇翻。

云游书屋

书店巧遇

　　偶逛京城某书店，惊见拙著《八面来风》赫然居架。吾书虽经正式出版，然只作赠友交流，并未上市。今何以在书店有售？惊讶之中，抽出一翻，始见吾之赠语题词清晰犹在。原来是受赠者转售于此！哑然而题：

　　　　天赋我才亦自谦，
　　　　辛勤集句偶成篇。
　　　　名流何故猛抬举？
　　　　闹市高居身价添。

2008.9

勿半非有

暑假后过校园

繁花铺地柳桃青，

环看芳园又沸腾。

场上飞球追捷足，

枝头啼鸟逗书声。

英姿每伴晨鸡舞，

学问常随夜烛明。

痴老喜从校园过，

沾些朝气也年轻。

2007.9.14

归真

商人诗人互看

商海官场两脚伸，
人生效益须含金。
诗人笑我贪心重，
我笑诗人空费神。

2007.11.24

"嫦娥一号"寄语

潇洒月娥绕地飞，
日光巧借展清辉。
今天我到月边坐，
回望家星更壮美。

2007.11.25

118

"嫦娥一号"传回月面照片

(一)

嫦娥天海泛飞槎，
直向月宫探皎娃。
只恐亲人期盼急，
先遣彩讯速回家。

(二)

千年仰望隔层纱，
初识真容未敢夸。
宏宇原非安闲处，
光侵石陨满伤疤。

（三）

揭去面纱见世人，

千年浪漫始归真。

一图解化仰天梦，

得慰古今多少心。

2007.11.26

宇宙之吻

冲天炮仗送神舟，

潇洒阿郎趁夜游。

浩渺星空巧相会，

豪情漫宇竞自由。

2011.11.3 "神八"飞船与"天宫一号"成功对接

探月感赋

神箭冲腾上九天，

乾坤顷刻已颠翻。

嫦娥千载舒广袖，

华夏万民尽欢颜。

域外有人常作客，

银河任我荡飞船。

邀来先哲重把酒，

明月何曾有缺圆？

2007.12

月

除夕夜党校同学聚餐

老友相逢笑语喧，

人生得意尽情欢。

劝君更进一杯酒，

饮罢此杯又一年。

2007.1

观冬泳

雪裹寒霜啸北风，

冰河抖擞耍蛟龙。

弄潮儿女何其勇？

热血豪情可化冬。

2010.12.30

夜观风筝

晚间散步，见带电闪灯之风筝漫天飞舞，犹如牵星挂月。

昼牵鱼鸟夜拴星，
纸鹞翻飞乐忘情。
银线一根纤纤舞，
闲来撩逗九天风。

2011.6

织衣歌

缠绕钩挑一线牵，
经纬疏密写奇篇。
纤纤十指随心舞，
温暖人生巧自编。

2011.2.22

秋　忧

收绪奎战友醉秋诗，反其意而和之：

谷弯粱红又醉秋，

老农展腰喜还忧。

丰年又遇粮难卖，

汗泪相掺洒垄丘。

2012.7

日本科学家称研培出
不怕猫之新基因老鼠疑而书之

灵鼠忽而胆气豪，

天敌怀里乐逍遥。

休拿科技夸玄口，

猎手如今多懒猫。

2007.12

有感于太湖水污染

久唱太湖美，

忽闻恶气熏。

蓝藻覆水面，

异味入锅中。

黎众频追责，

龙王亦罢工。

普天多人祸，

几处泽流清？

2007.6.5

人间清钟

黑砖窑拐骗虐待民工被曝光

频闻黑口噬人命，

又见私窑血泪啼。

苦力勉熬牛马累，

囚奴难忍猪狗饥。

竞争当破大锅饭，

致富怎容周剥皮？

和谐民生皆乐道，

官民愤愤看稀奇。

2008.6.20

悲

清明节喜闻王家岭矿难被困工人获救

水漫煤层幽窟深，

黄天黑井共揪心。

赚钱未顾身心苦，

遇险方知生命珍。

潜下蛟龙清暗海，

掘开地府送佳音。

山桃含泪点头笑，

众手掀翻地狱门。

2010.4.5

宜民和众

世博会开幕

上海世博开幕日。

珍奇囊尽一窗开，
万紫千红斗艳来。
世界文明齐聚会，
中华万古喜开怀。

2010.4.30

豪门偶过

曲径回廊宅第豪，
小区深处隐香巢。
欲知新贵真面目，
迎客欢呼是藏獒。

2010.6.14

赛场小景

看"世界杯"足球赛见鸟儿光顾赛场。

龙争虎斗绿茵场，
看客痴迷意气扬。
胜负无关飞鸟事，
临场助兴也飚狂。

2010.6.15

静中天趣

战灾图

青海玉树地震，湖南等地暴雨，贵州云南泥石流。灾害频发，各地军民齐心抗灾。

地魔恶作陷神州，
天漏山崩石乱流。
患难久经凝正气，
同心架起诺亚舟。

2010.8.19

刺破青天锷未残

参观档案展

参观山西档案资料展览，不经意间发现了许多有趣有价值的资料。如蒋介石给阎锡山的手书，薄一波签署的通告，华国峰（原件如此）任晋中八地委宣传部副部长的任命等。

静静风雷入小窗，
隔窗故纸诉沧桑。
狂风细雨归陈迹，
鸿爪雪泥三两行。

2010.9.22 中秋夜

鸿爪之痕

国庆节世博园中国
国家馆日"嫦娥二号"奔月

盛日轻装赴远程，

瞬时直上广寒宫。

神州喜聚全球客，

报与月娥欢庆同。

2010.10.1

万民有庆　百族共和

山西高院建院六十周年赞

红旗直指旧衙门，

国运初开天地新。

创业艰难察院后，

辉煌崛起大河滨。

天槌八代敲公正，

狴犴万员擎法魂。

莫道征程花甲子，

安民护法正青春。

以马林、支应麟、刘秀峰、黄石山、谷震、赵耀仁、
李玉臻、左世忠等八任院长为代表的高级法院一代代法
官执掌法槌，守护正义。

2009.9

抒 情 篇

——风雨无痕凝真情

庄生晓梦迷蝴蝶，

望帝春心托杜鹃。

沧海月明珠有泪，

蓝田日暖玉生烟。

——李商隐

灵台无计逃神矢，

风雨如磐黯故园。

寄意寒星荃不察，

我以我血荐轩辕。

——鲁　迅

七夕观湖

白云沉绿水，
红鲤乱青波。
何故今夜月？
撩人心事多。

2005.8 于奇村

柳絮芳飞

绿园绽芳紫，
万物报春归。
杨柳恁多事？
漫天弄雪飞。

2007.5

新年喜雪

瑞雪降灵台，

天阴心境开。

苍茫何独喜？

千里绝尘埃。

2008.1.29

秋

萧瑟秋风里，

眼前黄叶飞。

纷纷多绚丽，

恰似早春媚。

2009.10.27

138

秋雨

寒风起处乱云飞，

雁阵相呼南向栖。

一夜淅沥天滴泪，

万山萧瑟草披靡。

2010.11

陪妻积水潭住院

风洗瀛潭御柳斜，

金秋无奈羁京华。

凭栏遥对南飞雁，

振翅轻装早还家。

2008.9

山　居

偶居山野享风光，

斜卧绳床日影长。

犬吠鸡鸣清噪耳，

山青水绿任徜徉。

踏苔捡采菇几朵，

俯首拾来诗一筐。

更见迎宾小松鼠，

殷勤与我捉迷藏。

2008.10

事闲

笑说童年

童心堪笑忆荒唐，
进出哪管门和窗。
阿母一时不留意，
天书怪画上粉墙。

2007.3.8

中秋望月

谁将天镜又重磨，
今夕嫦娥风采多。
天上人间两相望，
飞舟何日渡银河？

2007.9.23

中秋赏月遇阴天

人向河滨翘首东，
共瞻月姐未相逢。
嫦娥何故遮羞面？
情侣双双暮色中。

2007.9.27 中秋节

心内支架后戏赠大夫

一根银线探微波，
绝妙神奇惊鹊佗。
罹患中枢巧修理，
笑听心底唱欢歌。

2007.12

142

漫 兴

弄墨无师不入流，
小桨渡海独行舟。
身知厚黑走天下，
且把吟哦暂解忧。

2007.7

近 况

俗务离身远，
交游日渐稀。
掌灯疑典故，
陪会扯闲皮。
气躁忘缄口，
神昏梦入杞。
凭栏仰天久，
伊妹到辽西。

2007.9.16

念 妻

　　吾妻水莲，人如其名，名如其人。如清流之柔淳，柔而不娇。似荷芙之庄丽，丽而不艳。冰清玉洁，莲心蕙质。今骤然别去，咋不叫人寸断肝肠。恰一月晨，枕边拾得遗发一丝，拈之泪下。

梦中清影枕边魂，

窗外寒风敲我心。

别去如君何太忍？

青丝一缕伴孤衾。

2009.5.15

夜来清梦落潇湘

144

访娄烦寺

寺在原平茹岳村，据传系晋朝名僧慧远出生和出家地。久已荒废，几无踪迹。现正大兴土木，完全是重建。是日恰逢爱妻周年忌日，观景思人，悲从中来。

昔人已乘黄鹤去，

此地重修黄鹤台。

百丈高台平地起，

不见黄鹤再重来。

2010.4.15

百岁光阴一梦蝶

客舍梦妻

相逢何故在他乡？

沉疴已除身健康，

但告尔夫心且放。

醒来枕畔泪清长。

2010.6.24 深夜于绵山

梦妻归家

久盼忽然归旧窝，

操持洗涮紧忙何？

殷殷细语不听劝，

家务撂荒已太多。

2010.8.8

146

遣怀组诗

遣怀（一）

北地风凉早入秋，
书生挥斥意方遒。
名牵惰脚奔过客，
利锁灵扉争白头。
谢幕难居强项令，
挑灯不为稻粱谋。
眼前红叶随风舞，
且把豆瓜勤自收。

2008.2.28

心泉

遣怀（二）

风霜不老少年心，

雪打花灯又一春。

童趣如烟频入梦，

荣华过眼了无痕。

舍身非慕凌烟阁，

忧世反为采菊人。

为问老狂何太甚？

胸中原有大乾坤。

2009.1 和友人

贫而无怨富而无骄

遣怀（三）

飞鸿天外送佳音，

隔续时空见故人。

辛酸互询唯祝福，

荒唐共忆返童真。

英华联偶人曾羡，

伤病相扶我自矜。

起看窗前鸣喜炮，

寒风声里又新春。

2009.1.30 正月初五频接老同学拜年电话而作。

此生得一知己足矣
斯世当以同怀视之

遣怀（四）

不觉浮生六十年，

豪歌沧海枉忧天。

从前精力为谁累？

此后时光归我闲。

山野本期同漫步，

余暇讵料竟撇单。

友朋置酒邀前席，

老泪浇心强自欢。

2009.5.20 己丑生日

泪下随风去

遣怀（五）

花甲人生一瞬间，

碌碌每恨负华年。

无私胸志多受阻，

报国情怀常化烟。

学业可抛充紫塞，

青春重拾付灯前。

征程难得常携手，

天不怜人人自怜。

2009.5.26

笃信好学

遣怀（六）

此身端合老山乡，

手捧闲书品墨香。

学苑才名夸榜首，

雄师嫩笔响沙场。

烦忧每愤妍媸误，

潇洒只缘莲蕙芳。

朝罢重捧出师表，

勿惭诸葛起南阳。

2009.7

得意苟为乐　野田安足鄙

遣怀（七）

卸甲反成笼里人，

孤灯独照半床尘。

羞低颈项羞弹铗，

不慕奢华不叹贫。

砚墨虽浓难提笔，

知音谅少莫修琴。

任他讪笑书生气，

草榻斜倚苦自吟。

2009.8

一身诗酒债　千里水云情

遣怀（八）

粗茶淡酒枕书眠，

抖落征尘且自检。

入世拙迂悲范进，

为官笃直笑冯骥。

热忧杞国新星落，

冷看滥竽老调弹。

自舔伤痕重上路，

老牛快马褚生鞭。

2009.9.22

豪华落尽见真淳

收到三毛内侄自新疆
寄来月饼祭于双塔

每逢佳节倍思亲，

佳节来临我怕闻。

千里鹅毛情意重，

手捧月饼谁入唇？

2009.9.29

午夜答友人

纸上风云笔底心，

沉浮宦海几许深。

嫁衣常赶不眠夜，

庄梦杞忧又一晨。

2010.5.16

听　雨

天际濛濛细雨稠，

随风入夜上高楼。

有人榻畔数清漏，

滴滴无声敲两头。

2012.7

海岛过元宵节

海上月圆人不圆，

风吹客榻枕书眠。

礼花阵阵惊旖梦，

短信多情天际传。

2012.2.8

答友人

田园都市共牵心，
清酒一杯亦醉人。
赏景不能催快马，
要留岁月在青春。

2010.6.12

偶过梅花友　相亲万里山

答友人《和顺情思》

　　山西和顺县，自诩为牛郎织女的故乡，引得众人游览观光。一个神话故事也要扯到自己头上，除去别的因素外，只能说是人们的美好愿望。

彩云喜降惠牛郎，

神话千年出太行。

非是凡人多附会，

真情自古胜天堂。

2010.7.3

灵犀

为新生晚辈取名

动地惊天啼一声，

人间报到又添丁。

雅俗讳喻费斟酌，

大号随儿奋此生。

2007.7.8

小外孙出生

玉琢粉雕面世奇，

惊天动地一声啼。

浅哼高吼皆妙曲，

唱响人生第一诗。

2010.12.7（阴历十一月初二，时节大雪，却是晴朗无云）15时55分，女儿生一男婴，身长49厘米，体重3200克。健康可爱。众亲朋喜不自禁，离她母子最近的两个男人其至喜泣泪下。

共涂鸦

斟酌诗稿待投箧，
潇洒谁人乱改划？
两岁稚童抢图笔，
祖孙联手共涂鸦。

2012.8

春节战友聚餐

八方战友喜重逢，
情重何辞酒面红。
岁月杯中凝豪气，
且听满座吐春风。

2008.1

160

战友聚会

战友相逢三十年，
一腔豪气返从前。
开怀哪管酒曾戒，
畅叙重温足抵眠。
诨号互呼诧后辈，
壮行再提赧苍颜。
情深千里能携手，
岁月常青心底欢。

2009.10

吾道一以贯之

初进军营

入伍四十年忆

新绿一身胸佩花，

欢歌送我走天涯。

车轮旋转心生翅，

理想腾飞眼幻霞。

都市敞怀迎远客，

雄师添彩赖山娃。

高楼夜宿层层亮，

起看床头傍岭崖。

2007.5.1

利器读过

紧急集合

忆军营生活

梦中号角响连声，
行动紧急有"敌"情。
脚乱手忙何怠慢，
张冠李戴也机灵。
满营貔虎肋生翅，
十里行囊汗挂冰。
一念艰辛休出口，
军人酣睡眼圆睁。

2007.5

敬事

婚礼上老同学相聚

借来儿辈酒三卮，
欲补青春卌载迟。
执手苦寻它日影，
通名惊叹鬓边丝。
争相问讯惟恐后，
坎坷道来却是诗。
检点同侪几个少，
频酬一醉返童时。

2007.6

仓卒未尽所怀

心血管支架

术后量血压测心电图时

岁月消磨徒自哀，
一年两度上医台。
已将热血付沧浪，
还剩微躯抗病衰。
体内雄图勤自绘，
眼前雁阵漫空排。
莫惮负重身乏力，
铁柱钢支心里栽。

2007.12.29

一心慎事

头晕吟

天高云淡日煌煌，

宇宙宏微自运忙。

万籁忽从耳内起，

百般俱在眼前慌。

旋天转地头先觉，

倒海翻江胃已尝。

忍痛窃喜知物理，

玄机识破咋受伤？

2011.3.9

百云

雨中汾岸漫步

弱柳斜风细雨稠，

芒鞋蔽伞过汀洲。

泥泞数点姮娥泪，

波皱几重屈子忧。

茵草勤栽荒圃地，

蒹葭无主涨溪头。

逢人懒议弹冠事，

且向长空数雁鸥。

2011.9.20

倚南窗以寄傲

咏 物 篇

——草木含情亦动人

感时花溅泪，
恨别鸟惊心。
烽火连三月，
家书抵万金。

——杜　甫

柔嘴怡人真鸟国，
轻涛洗耳是凤林。
莫叹世情多叵测，
自然界里有知音。

——寓　真

春园新雪

（一）

春雪压枝头，
银纱罩蕊球。
轻妆一时俏，
滴滴满含羞。

（二）

艳艳争春早，
姗姗风雪迟。
团团新蓓蕾，
楚楚颤芳枝。

（三）

风雪逗寒梅，

盈盈枝上飞。

新苞争吐艳，

笑逐早春归。

2007.1

春　雪

纷纷瑞雪化甘霖，

露润银妆天地新。

乍暖乍寒人未觉，

向阳花木报归春。

2007.1

南国雨

阴雨霏霏细若无，
椰林蕉叶露凝珠。
春潮涌动谁先觉？
北国冰封南国苏。

2012.2

月　亮

时而消瘦时而肥，
绕地旋天自在飞。
星系虽然无座次，
借光露脸闪清辉。

2007.11

孤　菊

篱外迎风曳紫茵，
群芳妍罢一丛新。
未曾培护寒秋立，
因有经年傲雪根。

2007.9.27

石　榴

榴燃枝头一树春，
秋捧硕果报初心。
相逢莫问开心事，
满腹珠玑自吐珍。

2007.9.27

秋　叶

秋风渐起野弥霜，
万木萧疏映夕阳。
榛叶多情呈异彩，
拼将热血挽春光。

2007.10.25

蒲公英

石隙草丛曳嫩黄，
弱苗一点报春光。
狂风巨树休轻看，
借势轻飏闯四方。

2008.2.26

芦花（二首）

掠地寒风漫野梳，

穿空雁阵正秋呼。

滩头唤醒忧时草，

预把芦花作雪铺。

青春浩荡壮河洲，

未及成材岁已秋。

一夜花开铺绮梦，

时光不负少年头。

2007.11.1

小草

题太原街头古槐

残枝断骨累伤痕，
傲立街心撒绿荫。
时草鲜花若相问，
迎风一啸几乾坤。

2007.1.20

傲霜

山桃花（二首）

登高绝顶敞迎风，
一步一歇气暂融。
忽觉眼明添脚力，
山桃对面点头红。

踏青攀岭见荒丛，
崖畔摇曳一簇红。
萧瑟深山寒气甚，
桃花悄自笑春风。

2008.3.20

她在丛中笑

千龄葡萄树

青筋瘦骨似龙盘，
阅尽人间九百年。
镶玉缀珠催美酒，
酿成醒醉史几篇。

2009.9.26 清徐葡峰山庄

题灵空山"九杆旗"

九杆旗者，沁源灵空山上九株青松之谓也。该树挺
拔修直，不蔓不虬，犹如旗杆一样高标入云，故得名。

山涧扎根仪态雄，
比肩玉立傲群峰。
平生不作弯腰势，
偶发轻狂啸北风。

2007.6

方 竹

竹者，草木之君子者也。今有竹而天生方正，自然玉润。岂不更奇、更珍、更绝？

外直中通翠玉珍，
高标劲节仍虚心。
未经规束自方正，
美德兼修集一身。

2008.3.7

人怜直节生来瘦

热带植物题咏（组诗）

　　此系列居海南所作，曾作为谜语与同仁取乐，题目即谜底。

椰　树

玉树亭亭劲节高，

延绵绿岛涌狂潮。

雄风吹过沉雷动，

阵阵椰涛逐海涛。

2012.1

芳草有情　夕阳无语

剑　兰

脱鞘青锋锐气冲，
团团玉刃转莲蓬。
刚柔一体夸完美，
傲立天涯侠女风。

2012.2

荔　枝

天涯莨苑遍奇珍，
翠叶仙葩疑上林。
不屑瑶池蟠桃会，
长安曾笑走飞尘。

2012.2

深心托毫素

槟　榔

玉树披发风奏琴，
翠珠环项自悬珍。
涩果岂是无情物？
一粒慢嚼可醉人。

2012.2

橡胶树

铁树临风撑绿云，
苍株挺立满疤痕。
刀伤皮绽无怨悔，
玉乳淌流济世人。

2012.2

一片冰心

香 蕉

葱心舒展一柄高，
玉叶遮天魔扇摇。
硕果层层叠罗汉，
瑶池盛宴压蟠桃。

2012.2

菠 萝

剑齿娇媚作露葵，
秀兰拥出霸王锤。
满园春色关不住，
金甲裹香鳞闪辉。

2012.2

月下花枝

菠萝蜜

小树迎风独自强，
嫩枝尽挂大青囊。
欲尝味道先念佛，
入口方知赛蜜糖。

2012.2

甘　草

根深叶细伴蒿荒，
不弃贫瘠居土冈。
甘苦自知夸圣草，
清热镇痛润心房。

2012.2

糜

五谷夸神奇，
数来世上稀。
生株形作稻，
结籽赛如米。
与稻分水旱，
和米差毫厘。
平生讲团结，
爽口众人迷。

2012.2

生

企 鹅

肩披黑氅有斯文，
老幼相扶未惜身。
美德不因时势改，
冰天极地显风神。

2008.1

豹

迷彩一身隐树丛，
狂飙起处疾如风。
攀高越野逞骁勇，
每叫健儿热血腾。

2008.1

金钱豹

身怀绝技更勤劳，
骁勇善战堪自豪。
衣锦山乡非炫耀，
金钱入眼是皮毛。

2008.1

鹦　鹉

清喉扑翅发新声，
嘹亮委婉多动听。
巧舌自然能邀宠，
樊笼优乐困终生。

2008.1.9

天 鹅

天南海北结伴飞，
飘然云上染霞衣。
唉吟每自灵空出，
天使声名信不违。

2008.2.7

孔 雀

衔得云霞结彩翎，
山川秀色育精灵。
平生羞作关雎唱，
岂为庸人轻展屏？

2008.2.13

燕

南北春秋信义长，
掠波剪影斗风光。
翩翩只道悠闲甚，
逐对翻飞除害忙。

2008.2.19

褐马鸡

红颜白首彩翎衣，
僻壤高山荒草栖。
不学鹦啼和凤丽，
禽中黑马甘称鸡。

2008.2.22

猫头鹰

多年征战鼠难清，

战略方针须重整。

协作陆空扬优势，

猫狸升级化飞鹰。

2008.2.25

啄木鸟

党风廉政会场书赠纪检同仁

彩冠利喙高低飞，

义务巡诊东复西。

绿树清风欢声唱，

齐夸天地有良医。

2008.2.29

蝙 蝠

夜出昼间藏，

生来怕见光。

投机长本事，

硕鼠也飞翔。

2008.1

彩 蝶

薄翼轻扇西复东，

彩衣翠袖逐香风。

万千底事几多怪，

窈窕化自小蠹虫。

2007.4.19

192

石　狮

兽王凶猛镇山林，
吼啸长空日月昏。
威武官衙何所恃？
拈来形影府门蹲。

2007.6

伞

生来有丽姿，
尽日角边栖。
何得展身手？
风云际会时。

2007.7.13

扇

生性本斯文，
心怀四季春。
挺身对冷暖，
出手起风云。

2007.7.13

息心静气乃得浑厚

报 刊

吾有友朋亲，
天天勤上门。
纷纷列座次，
侃侃俱倾心。
汇集珍奇事，
静观天下闻。
孑身居陋室，
掌上大乾坤。

2007.7.17

神游

吸尘器

庭除洒扫自辛勤，
大肚能容张口吞。
纳垢藏污休责怪，
舍身与世不留尘。

2007.8.9

心电图

细步蹒跚任路长，
自书真迹一行行。
心弦拨动自成曲，
谱就人生大乐章。

2007.10.9

脉 搏

人身钟摆自轻盈，
奏响悠然天籁声。
节拍欢匀贵持久，
长歌相伴一生情。

2007.10.19

血 压

激情澎湃热流长，
一脉清泉济四方。
压力原来是动力，
张弛有度走铿锵。

2007.10.19

互联网

大千世界集一窗，
指掌之间任徜徉。
今古奇观收眼底，
妇孺老幼齐入网。

2008.2.25

始知真放在精微

风筝别题

春风回荡，阳光明媚，汾河两岸，童声欢笑，纸鸢翻飞，一派春日气息。看那风筝，五彩斑斓，形态各异，上下翻腾，随风起落。也有那断线飞天的，也有挂困树梢的，也有飘落水中的……

（一）

飞起纸鸢一线长，

满天鱼鸟竞争翔。

忽听云外机声响，

挣脱牵绳追远航。

（二）

御宇乘风自在飞，

翩翩起落日沉西。

蓝天久逛心高远，

不恋窝笼枝上栖。

（三）

羽鳞世界各分筹，
碧水蓝天竞自由。
云外兜风情未尽，
返身又向水中游。

（四）

无架无巢居布囊，
乘风展翅任翱翔。
关山飞渡何曾累？
我自轻松尔自忙。

2008.3.14

艺道酬勤

夜航飞机

破雾穿云追月光，
轰鸣起伏夜飞航。
仰天疑有神人力，
驮起星星走四方。

2007.6.24

喷气飞机

腾空银练织天河，
耕雾犁云荡碧波。
霄壤清清无阻隔，
纵情万里走飞梭。

2007.1.20

晨　雾

谁人一早抖轻云？
罩地遮天返混沌。
却恐前行迷花眼，
教汝仔细辨乾坤。

2008.3.9

雪　峰

天地豪情任自由，
青山傲立竞风流。
秋光不涉昭关路，
一夜缘何骤白头？

2008.2.8

蒙山大佛

仙颜隐约久朦胧，
盛世重开一展容。
端坐山崖瞰天下，
兴来戏雨舞长虹。

2011.10

云台山大瀑布

水自山西来，跌入河南界，落差七十米，世界夸第一。

清溪欢唱跳悬崖，
跌雾飞烟抖素纱。
不愿默然随流走，
舍身化作彩云霞。

2006.10

榕　树

于福州西湖公园题福州市市树

亭亭华盖绿荫森，
垂下苍须结壮根。
百尺高枝恋故土，
孳生独木可成林。

2010.9.23

飞龙瀑

武夷山黄岗大峡谷

昂首青峰入九霄，
顶头垂下雪丝绦。
从来弱水流低处，
悬瀑磐山竞比高。

2010.9.25

讽喻篇

——世情漫画各传神

常苦沙崩损药栏，
也从江槛落风湍。
新松恨不高千尺，
恶竹应须斩万竿。

——杜甫

横眉冷对千夫指，
俯首甘为孺子牛。

——鲁迅

发型戏吟（组诗）

秃 发

风雨相侵顶不毛，
青丝转向两腮飘。
失衡生态常错位，
荒漠偏拣高处挑。

假 发

古稀顶上郁葱葱，
接木移花巧还童。
打假自有留情处，
如今世上不称翁。

染 发

莫愁岁月鬓成霜，

面貌如今也包装。

小技略施变颜色，

可能真返少年郎？

彩 发

直梳卷曲黑涂黄，

靓女帅男神气扬。

追逐时髦移本色，

肌肤难改怨爷娘。

鬓丝

男女不分

束辫披肩花样新，
焗油卷烫一头春。
追求平等真彻底，
男女休从额上分。

男子蓄辫

翘起猪尾帅气生，
新潮男子学摩登。
不知追得新和旧，
二百年前早盛行。

2008.2

一笑了之

都市鸟居（四首）

（一）

都市群楼竞拔高，
田园变脸赶新潮。
鸟儿也学与时进，
砖顶塔尖巧架巢。

（二）

旧居忍别举家逃，
衔得钢材固小巢。
遍地都遭拆迁累，
不由我辈不时髦。

讽
喻
篇

（三）

但见层楼节节高，
阴凉难觅绿枝梢。
鸟儿也知地皮贵，
孤树枝头叠架巢。

（四）

振翅乘风逐翠微，
勉将楼角作高枝。
都城虽大难落户，
枉赶时髦农转非。

2008.6

笨鸟先飞

"野豕发迹"

近年来，随着生态环境的改善和保护措施的加强，许多多年绝迹的野生动物重新出现。其中最易见到的是野猪。不仅频频现身山野，还常常闯入乡村，被捕猎、圈养、倒卖、引进，或佐餐，或繁衍，身价不菲。或谓猪只之"原生态"、"海归派"也。

再出山林气势豪，

纵横奔突自逍遥。

敢同虎豹争强霸，

羞学犬豕养赘膘。

下海风潮吹四野，

出山闯荡赶时髦。

未知涉世多奇遇，

追捧成星身价高。

2009.5.21

"奶牛选美"

强使走 T 台，
弄姿又敞怀。
身强讥臃肿，
瘦弱夸帅呆。
硕乳多奉献，
肥臀岂卖乖？
生来呼作丑，
何慕美名来？

2012.7

藏神如此

"鬼秤"

天地公允度量衡，
缺斤短两更称能。
世间为甚失公道，
人心缺少定盘星。

2008.2

再说"鬼秤"

商家本事出能人，
直叫天平也随心。
货物良心齐上称，
不知几两是一斤。

2008.11.19

214

医药广告

忽然遍地尽神医，
百病一药疗效奇。
问切望闻全不用，
王婆本事胜中西。

本草内经众口传，
至今争诵仍新鲜。
满街尽见神医出，
各领风骚数十天。

2008.11

自家拍手

小广告

假货伪证满街头，

贩毒卖枪私报仇。

明暗招牌如癣患，

丑行自曝有谁羞？

　　被称作"街头牛皮癣"的小广告久治不愈。如今更增添了毒品、枪支和窃听、侦探、报仇等内容，令人瞠目。

2008.11

造化小儿多事

"哑"钱

某些资产，政治经济学家称权钱交易所得，社会学家称灰色收入，哲学家称权力异化，法学家称财产来源不明。不知文学家怎样称？姑戏作"哑"钱。

生就精明眼，

斜流向重权。

糊涂真与假，

来路不能言。

2006.1

不使人间造孽钱

某官反腐

台前反腐唾沫溅，

背后捞钱不眨眼。

官位财富一起升，

撑破肚皮哀叹晚。

2006.1

叹某法官

眼小口阔胆气横，

权钱交易弄天平。

银卡钞票无言语，

联手揭秘买罪名。

2008.4.3

官相拾零（组诗）

之 一

镇日匆匆赶会忙，
议题内容早忘光。
冲冠一怒缘何事？
位次排错搅了场。

不知何时起，会场兴摆牌签，排列座次成为会务工作的一门学问。甚至有为排列次序专门作决议、下文件者。官员自谓"开什么会不清楚，坐哪里清楚"。

之 二

行酒打诨口若河，

陈词台上赛如歌。

忽然一日卡了壳，

讲稿离开没奈何。

之 三

健步晨昏十里遥，

上班百米专车跑。

脱裤放屁休疑怪，

正统官员偶要僚。

重喜心

之 四

为求真佛暗通神，

招数须从餐桌寻。

战果且按酒量计，

因公蹈海何惜身？

官场暗行"私事公办""公事私办"之风，许多公务尽在请客吃饭中解决。于是就有了"酒杯一端政策放宽"的口头禅和"酒桌烈士"等许多见怪不怪的怪事。

之 五

美酒餍食冬到春，

花街博弈掷千金。

吃喝嫖赌全公费，

爷是纯真公务人。

之 六

与民同乐战长城，

战斗轻松战果丰。

物质精神双饱满，

输赢收受肚中明。

之 七

附凤攀龙衣带裙，

金钱铺路也相亲。

忽然一日忙躲避？

倒了靠山另觅新。

草木之人

222

之 八

官长行踪都重要，
新闻简报陈词调。
几天电视不显形，
误说双规不得了。

之 九

拜过阎王拜小鬼，
莲花口吐肚藏机。
仰头老大挤笑脸，
选战亲民偶低眉。

2007.7—2010.10

无限思量

悲"十一连跳"

某大型台资企业半年中接连发生十一起青工跳楼事件，令人震惊。近闻，各方正采取各种措施，其中包括加固高层隔离防护等。就在这厢忙于防护的时候，那厢又连发两起同样事件……

人生何故竞相逃？
一片惊诧引探讨。
劳务纷争沾血泪，
青工境遇惹烦恼。
根源查找须仔细，
连跳只因楼太高。
谁说老板轻性命？
窗栏加固出高招。

2009.5.26

女贪 "赞"

某地城区国土资源局女局长，利用职权和色相上下其手，侵贪 1.45 亿。被称为职位最低贪污数额最大的"土地奶奶"。

贪墨排行夸女流，
浮财亿万手轻搂。
翻江倒海好身手，
玩世玩人作茧囚。

2009.10

不可人

有感"被害人复活"

河南赵作海因"故意杀人罪"被判"死缓",服刑10年,被害人忽然"复活"。一时哗然:

如山铁案曝奇闻,
野鬼复活冤狱伸。
庆幸死囚偶解铐,
可怜地底有冤魂。
予夺原应凭条律,
生死何能赖鬼神?
为问堂前刀笔吏,
可知判笔重千斤。

2009.5.10

"小偷反腐"

据互联网新闻：某地某局长被假冒的纪检"双规"，如实交代了贪污受贿等一系列犯罪事实。各地也时不时爆出偷盗案牵出贪腐案的诸多令人欲笑不能的奇案怪案。

如今作贼有高招，
官府豪门小试刀。
手段阴阳未曾使，
行藏黑白已全掏。
尔衙但得忠职守，
我辈何需越代庖。
谁说小偷罪责大，
揪贪反腐立功劳。

2009.5.25

看电视剧戏说文艺现象

文艺繁荣掀热潮，

改编移植有新招。

剧情平淡功夫凑，

趣味欠佳色料调。

梁祝乱情三角恋，

诗仙施武两强豪。

银屏书报眼球乱，

艳舞欢歌声正高。

2008.10

举一隅三

酬 唱 篇

——多情最是唱和声

寒雨连江夜入吴，
平明送客楚山孤。
洛阳亲友如相问，
一片冰心在玉壶。

——王昌龄

久劳案牍夏炎苦，
又送年华秋雨侵。
名利最终如粪土，
人生难得是知音。
晓风残月词中泪，
流水高山琴上心。
反顾凭谁信高洁，
自乘骐骥振芳林。

——寓真

李玉臻院长法院离任有赠

仗剑法坛二十年，
如碑大厦耸河湾。
青山踏遍春常在，
四季人生写巨篇。

2007.1.20

致熊东遨

闻道潇湘子，
才情追屈翁。
一吟花绽笑，
十里水摇红。
医病词林秀，
唱和佳俪工。
骚坛重崛起，
豪气遨西东。

2007.6.29

附熊东遨诗

近况答张俊杰先生见赠原玉

山居足鸡黍，
偶尔约邻翁。
渐觉诗心淡，
时添酒面红。
离枰收散子，
为国打临工。
尚有多情月，
分辉到粤东。

2007.9.16上午熊东遨手机短信

长毋相忘

出席《柳溪集》座谈会即奉时新先生

柳溪起舞发清吟，

唱响人间浑厚音。

造象遣词追韵古，

迎风搏浪与时新。

心连博客书无价，

情洒期刊笔有神。

诗话源源泉难老，

欢歌正气满汾滨。

2008.3.30

先生之风　山高水长

谢马部长赠《清风吟》

辛劳无悔做嫁衣，

谁人敢笑此心痴。

清风相伴清溪唱，

唱响人生浑厚诗。

马友先生长期从事组织干部工作，著有《清溪吟》、《清
风吟》等诗集。

2008.2.14

君子之交淡如

读《拾暇近咏》奉高中昌先生

真情咏唱寄余暇，

满口生香浸物华。

雅韵于君随处拾，

操工理政品无瑕。

2008.10

谢郭述鲁先生亲赠《自珍集》
《求索集》《履迹诗痕》上门

述鲁述晋述风云，

世事洞观笔自珍。

不畏征程求索苦，

匆匆履迹满诗痕。

2008.12

读《情到深处》答刘小云女士

纸上风云笔底琴，

高山流水注情深。

漫承父辈书豪气，

清议文坛留直音。

展卷但闻珠带泪，

掩篇更觉韵传神。

何能纤手挥锄笔，

为有真诚缕缕魂。

2007.12.6

花外语香

依韵回赠马部长

深情寄语墨生香，
余事共吟云水章。
四季勤耕不知倦，
诱人秋色胜春光。

2008.4.29

附马友诗

读张俊杰《八面来风》

迹遍河山锦囊香，
豪情幽怀吟华章。
往事销痕乐清韵，
秋色未必逊春光。

迎 春

时光又一春，
风雨见淳真。
名利身外物，
友情眼内金。
浪沙寻常看，
荣辱何劳神。
心似天地阔，
扬长我自欣。

（2009年除夕短信答友人）

忠仁思士

谢绪奎战友保健短讯

真经频递一行行，

字字珠玑送健康。

千言万语凝祝福，

友情岁月共绵长。

2009.5

感事答绪奎战友

军营弄笔试茅庐，

战友真诚把手书。

学步当年应难忘，

纯情积累赛珍珠。

2010.5.3

题《战友通讯录》寄赠诸战友

铁甲豪情无尽时，

点名相面觅英姿。

手头小本存心底，

虎跃龙腾常会师。

2010.6.16

椰岛过新年答友

远游不觉更年新，

孤岛遥遥寂寞心。

应有真情传万里，

频频短信尽佳音。

2012 年元旦

词 曲 篇

——情到浓时且放歌

转轴拨弦三两声，

未成曲调先有情。

别有幽愁暗恨生，

此时无声胜有声。

——白居易

欲取鸣琴弹，

恨无知音赏。

感此怀故人，

终宵劳梦想。

——孟浩然

长相思·香山参观曹雪芹纪念馆

飞蛮鸣，

烈日烘，

撩翠西山访曹公。

青瓦隐蒿蓬。

山朦胧，

水朦胧，

泪洒清溪笔底风。

千年楼梦红。

2006.7.2

沁园春·宁武关

宁武风情，

古塞遗韵，

锦绣山川。

看管涔耸翠，

天池铺镜，

芦芽拔地，

峭壁参天。

万纪坚冰，

千年地火，

共把柔情济汾源。

且放眼，

环茫茫大地，

娇姿万端。

遍寻故垒当年，

叹铁马金戈向谁边。

244

惜杨家勇将，

狼山饮恨，

闯王旗指，

血壮雄关。

抗日烽烟，

同仇众志，

沉睡长城怒火燃。

阅今古，

更斯民当代，

再续鸿篇。

2006.8.4

踏遍青山人未老

念奴娇·运城盐池

解池漫漫，

傍中条，

铺开一滩迤逦。

玉镜珠田三万顷，

恰似银潢落地。

水结晶花，

泥浮璨脂，

莹雪涌波底。

天设地造，

雄壮河东百里。

惊见夏日凝霜，

熏风晒雪，

雨打银堤垒。

盐碱芒硝任取舍，

调得人间滋味。

246

非稼非矿非渔非猎，

淘淘永不竭。

山川厚爱，

尽蕴国计民利。

2006.8.10

气象万千入画中

水调歌头·太行山

昨日王莽岭，

今日云台山。

摩崖踏水，

直把，

太行上下观。

怯临悬崖探底，

碧落万丈峡谷，

只见鸟廻还。

谷底仰峰顶，

飞瀑挂九天。

山无路，

水失道，

傍深渊。

奇松峭壁幽谷，

巍峨岭连绵。

孔圣回车无奈,

魏武摧辕可叹,

壮志愚公掀。

缆车又隧道,

当今绝天堑。

2006.9.25

山高水长

水调歌头·碛口怀古

左手吕梁山，
右手黄河滩。
徘徊古镇小巷，
脚下石阶板。
不见当年船号，
久杳驼铃商队，
寂静多悠闲。
壮丽归何处？
隐约山水间。

攀石阶，
钻幽巷，
访深院。
码头店铺货栈，
字迹辨牌匾。
转口陕甘吴楚，

连接今来古往，
滔滔滨河湾。
莫叹辉煌去，
黄水涌波澜。

2006

衡阳雁去无留意

永遇乐·太原钢铁公司园区

十里钢城，

恢宏瑰丽，

夺魄耀眼。

车走游龙，

绿映华灯，

巨厦隐鏖战。

火神劲怒，

金蛇狂舞，

雄狮喷吐烈焰。

正斗得，

光流星殒，

飞开万般璀璨。

烘炉飞斗，

轧机铺彩，

绚丽钢花四溅。

冷热融凝，

吞吐进退，

瞬息变幻。

挤轧辊拽，

锭板条块，

掌控随心敲键。

定睛看，

纤纤弱女，

好番手段。

2007.12

万丈长缨要把鲲鹏缚

沁园春·平朔露天煤矿

削平岭头，

搬走岩层，

移山倒海。

看荒山千载，

岩欢尘舞，

煤田百里，

机吼车排。

桑干欢腾，

恒岱献宝，

直叫地球敞胸怀。

遍坡野，

见乌金滚滚，

竞相涌来。

矿山尽展风采，

令黑脸工人把头抬。

昔挖煤作业，

洞窟进出，

采掘生计，

地狱徘徊。

终日辛劳，

不见天日，

怎得远离矿难灾？

兴科技，

恰欣逢盛世，

山石颜开。

2007.12.15

青山着意化为桥

沁园春·应县木塔

（集木塔牌匾联句）

应王县长之邀，再访应县木塔。留意众多牌匾楹联，锦言妙语，自然天成。遂搬取集成一阙：

巍巍木塔，

重新真会，

天下奇观。

望天宫高耸，

天柱地轴，

浮屠宝刹，

苑宫仙梵。

天华云锦，

万象逢春，

正直、雁塔、拱辰天。

镇金城，

看香云普照，

万古观瞻。

遥临桑渡水围城，

高接恒峰云在槛。

峻极神工，

灵山未散，

纯木结构，

铆榫勾连。

雷火不毁，

震坍不倒，

中立不倚已千年。

慢登攀，

觉荡胸云外，

俯仰其间。

2007.12.19

物华天宝

满庭芳·南中国雪灾

（步时新先生）

飞絮迎春，

云遮雾障，

山河尽失葱茏。

江南万里，

天地共迷濛。

天公突发奇想，

混南北，

漫遣朔风。

满世界，

雕冰挂玉，

发狂似顽童。

惊闻鹰翅歇，

韶关严锁，

洞庭冰封。

258

正不知，

阻断多少归鸿？

风雨无情有情？

已自是，

唤起寰中。

倾群力，

真情输送，

温暖架长虹。

2008.2.6 除夕夜

桃花如笠松花如蘽
竹叶如扇莲叶如舟

长相思·鸭绿江畔行

山青青，

水清清，

农舍高楼过眼明。

绿树夹道迎。

山相连，

水相映，

长白蜿蜒鸭绿清。

长路任远行。

2009.7.15

260

抗感冒歌

（自度曲）

严冬到，

狂风啸。

万物萧瑟欲眠觉。

流感趁机闹。

莫大意，

勿焦躁。

锻炼防护是正道。

我自迎风笑。

2009.12 答友人短讯

附　记

诗是随时随地随手作的，串到一起也有了一些时日。而真要出手时，心里却惴惴然起来。如果说出版《八面来风》时有些初出茅庐，不知深浅，那么现在就是"近乡情更怯，不敢问来人"（宋之问语）了。

编纂过程中，重新审视旧作，发现粗疏不稳之处颇多。反复斟酌，细品慢嚼，难以尽意，纠疑求安，似无止境。虽说文不厌改，诗宜缓成，但只要尽了努力，达到心安，也就丑妇不怕见公婆了。好比体育竞技，一个时期，无论怎样努力，只能达到一定的水平。超越自我，实非易事。超越旧我，则需要一定的功夫和工夫。

书稿编成，请人题跋作序已是常规常情。能得专家名流奖掖推介，自是美事。但以我的水平

和心性，既踟蹰于讨人情、求夸赞之惭于前，又顾虑于拉大旗、作包装之嫌于后。所以踌躇再三，还是没好意思惊动什么名家师长。就把自己的百篇粗文和一颗诗心，裸献给读者和友朋，任由大家自去品评褒贬吧！

不过，我还是要十分感谢李玉臻先生。感谢他的关心和鼓励，感谢他为本书的指点、题词。李玉臻先生是我尊崇的师长。我对他的尊崇，不是缘于昔日的上下级关系，而是钦佩于他的文胆诗心，他的勤奋博学，他的执著担当。我的学诗写诗，很大程度上是受了他的感染。因为爱诗，身边有一位成就斐然的大诗人，便暗暗引其人为师，以其文作范，倚声学步，慢慢上路。

我也要感谢山西当代新诗研究所所长马晋乾先生。他虽是写新诗并专门从事新诗研究的，偶然的机缘，他看到我的格律诗稿，不仅仔细阅读，而且专门写了长篇评论文章，给予充分肯定鼓励，提出了一些中肯的建议，使我受益良多。

我也要感谢本书的责任编辑魏红女士，她虽年轻，已是资深编辑，又是诗友。以其专业加内行，精心策划，细致梳妆，使得《松风情韵》这只丑小鸭终于得以张翅，飞出窠巢。

愿通过此书，把诗词和诗词创作所给予我的愉悦、启迪带给我的朋友们。

我还要把此书献给我的爱妻张水莲，以纪念她陪伴我度过的日日夜夜，愿她继续知晓我的所思所诉。

同时，也把此书献给它的"第一读者"兼"义务评论员"李书琴女士，感谢她对我的诗词的欣赏和帮助，并期相携互助，共著新篇。

张俊杰
二〇一三年三月于汾河之滨